SLUMYN DWL

Jeanne Willis a Tony Ross

Cymdeithas Lyfrau Ceredigion Gyf

Un tro roedd yna ystlum a oedd yn gweld popeth o chwith.

Neu o leiaf dyna roedd yr anifeiliaid ifanc gwyllt yn ei feddwl.

Ar ôl i Ystlum gyrraedd y dechreuodd yr helynt.

Roedd Tylluan Ddoeth am roi anrheg croeso
iddo, felly gofynnodd i'r anifeiliaid ifanc gwyllt
ddarganfod beth hoffai'r slumyn ei gael.

Dylid dychwelyd neu adnewyddu'r llyfr erbyn neu cyn y dyddiad a nodir
uchod. Oni wneir hyn codir dirwy.
This book is to be returned or renewed on or before the last date
stamped above, otherwise a charge will be made.

Rhondda-Cynon-Taff County Borough Libraries

Llyfrgelloedd Bwrdeistref Sirol Rhondda-Cynon-Tâf

I Janice Thomson –
diolch am bopeth, Dylluan Ddoeth.
J.W. a T.R.

Cyhoeddwyd gan Gymdeithas Lyfrau Ceredigion Gyf.,
Blwch Post 21, Yr Hen Gwfaint, Ffordd Llanbadarn,
Aberystwyth, Ceredigion SY23 1EY
Argraffiad Cymraeg cyntaf: Medi 2006
Hawlfraint Cymraeg: Cymdeithas Lyfrau Ceredigion Gyf. © 2006
Addasiad: Dylan Williams
Cedwir pob hawl.

ISBN 1-84512-045-0

Cyhoeddwyd gyntaf ym Mhrydain yn 2006 gan Andersen Press Ltd.,
20 Vauxhall Bridge Road, Llundain SW1V 2SA.
Teitl gwreiddiol: *Daft Bat*
Hawlfraint y testun © 2006 Jeanne Willis. Hawlfraint y lluniau © 2006 Tony Ross.
Y mae hawl Jeanne Willis a Tony Ross i'w cydnabod fel awdur a darlunydd y gwaith hwn
wedi'i nodi ganddynt yn unol â Deddf Hawlfraint, Dyluniadau a Phatentau, 1988.
Gwahanwyd y lliwiau yn y Swistir gan Photolitho AG Zürich.
Argraffwyd a rhwymwyd yn yr Eidal gan Grafiche AZ, Verona.
Argraffwyd y llyfr hwn ar bapur di-asid.

'Mi hoffwn i gael ymbarél i gadw 'nhraed yn sych,' meddai Ystlum.

'Cadw *pennau*'n sych mae ymbarél,' sibrydodd
Eli Bi, 'nid traed. Hen slumyn dwl!'

'Chwarae teg,' meddai Gafran, 'gall unrhyw un
wneud camgymeriad.'

Felly feddylion nhw ddim mwy am y peth, a rhoddwyd ymbarél smart yn anrheg i Ystlum.

Ond yna fe ddywedodd Ystlum rywbeth rhyfedd arall.

'Rwy'n falch eich bod wedi rhoi ymbarél imi,' meddai.
'Mae 'na gwmwl mawr du yn yr awyr odanaf.'

'Hen slumyn dwl!' chwarddodd Jers Jiráff.
'*Uwch dy ben* mae'r awyr, nid odanat!'

A dyna pryd y dywedodd Ystlum rywbeth
rhyfeddach fyth.

'Os bydd hi'n glawio'n drwm bydd yr afon yn codi ac yn gwlychu fy nghlustiau,' meddai.

'Ond os codith yr afon,' meddai Llew Bach, 'dy *draed*, nid dy glustiau fydd yn gwlychu.'

'Mi fydden i'n gwisgo het law, ond dim ond syrthio
i'r glaswellt uwchben y byddai hi,' meddai Ystlum.

'Ond *odanat* nid uwch dy ben mae'r glaswellt,' mwmialodd Rhei Llwyd. 'Am hen slumyn dwl!'

Erbyn hyn roedd yr holl anifeiliaid ifanc gwyllt yn meddwl nad oedd Ystlum yn hanner call.

Felly i ffwrdd â nhw i ddweud wrth Tylluan Ddoeth.
'Dyw'r slumyn 'na ddim llawn llathen!' meddai Eli Bi.

'Os ydi Ystlum yn wallgof, fe all fod yn beryglus!'
meddai Llew Bach.
'Help!' gwaeddodd Gafran.

'Beth sy'n gwneud i chi feddwl bod Ystlum yn wallgof?' holodd Tylluan Ddoeth.

'Mae'n gweld pethau'n wahanol i ni,' meddai Rhei Llwyd. 'Yn wahanol iawn,' meddai Jers Jiráff.

Meddyliodd Tylluan am eiliad cyn dweud,
'Hmm, mi ofynna i rai cwestiynau syml i Ystlum, ac
yna penderfynu a oes angen edrych pen unrhyw un.'

Felly i ffwrdd â nhw i weld Ystlum. Gofynnodd Tylluan
iddo a fyddai ots ganddo ateb ambell gwestiwn syml.
'Dim o gwbl,' atebodd.

'Cwestiwn Rhif Un,' meddai Tylluan.
'Alli di ddisgrifio coeden imi?'

'Hawdd!' meddai Ystlum. 'Mae gan goeden foncyff
ar ei phen uchaf a dail ar ei gwaelod.'

'Ti'n gweld?' chwarddodd Jers Jiráff. 'Hen slumyn dwl ydi o. Ar y *gwaelod* mae boncyff coeden ac ar y *pen uchaf* mae'r dail. Mae pawb yn gwybod hynny!'

'Cwestiwn Rhif Dau,' meddai Tylluan.
'Alli di ddisgrifio mynydd imi?'

'Haws byth!' meddai Ystlum. 'Mae gan fynydd ddarn gwastad ar y pen uchaf a darn pigog yn hongian i lawr.'

'Yr hen slumyn dwl!' meddai Gafran. 'Ar *ben* y mynydd mae'r darn pigog, nid ar y gwaelod! Ddylwn i wybod. Gafr fynydd ydw i. Mae Ystlum yn wallgof!'
'Galwch y meddyg!' gwaeddodd pawb.

'Y cwestiwn olaf,' meddai Tylluan. 'Ac fe hoffwn i bawb – ar wahân i Ystlum – ei ateb.'

'Iawn,' meddai pob un o'r anifeiliaid ifanc gwyllt. 'Beth ydi'r cwestiwn?'

'Cwestiwn Rhif Tri,' meddai Tylluan. 'Ydych chi wedi ceisio edrych ar y byd fel mae Ystlum yn ei weld?'

Ac fe wnaeth Tylluan iddynt hongian o gangen a'u pennau i lawr — yn union fel Ystlum.

'Wwww,' meddai Gafran, 'Roedd Ystlum yn llygad ei le! O edrychch ar y mynydd fel hyn mae'r darn pigog yn hongian i lawr, ac mae gan y goeden fonciff ar ei phen uchaf a dail ar ei gwaelod!'

'Hei!' meddai Rhei Llwyd. 'Mae'r glaswellt uwch ein pennau ac mae'r awyr . . . dan ein traed!'

A dyna pryd y dechreuodd lawio. Glawio a glawio.

'Ga i ddod lawr, Dylluan?' gofynnodd Llew Bach.
'Mae'r afon yn codi ac mae 'nghlustiau i'n wlyb!'
'Ac mae angen ymbarél ar wadnau 'nhraed i!'
meddai Bi.

Felly rhoddodd Ystlum fenthyg ei ymbarél newydd iddo.

'Diolch,' meddai Eli Bi. 'Mae'n ddrwg gen i 'mod i wedi dweud dy fod ti'n wallgof.'
'A ninnau,' meddai'r anifeiliaid ifanc gwyllt i gyd.

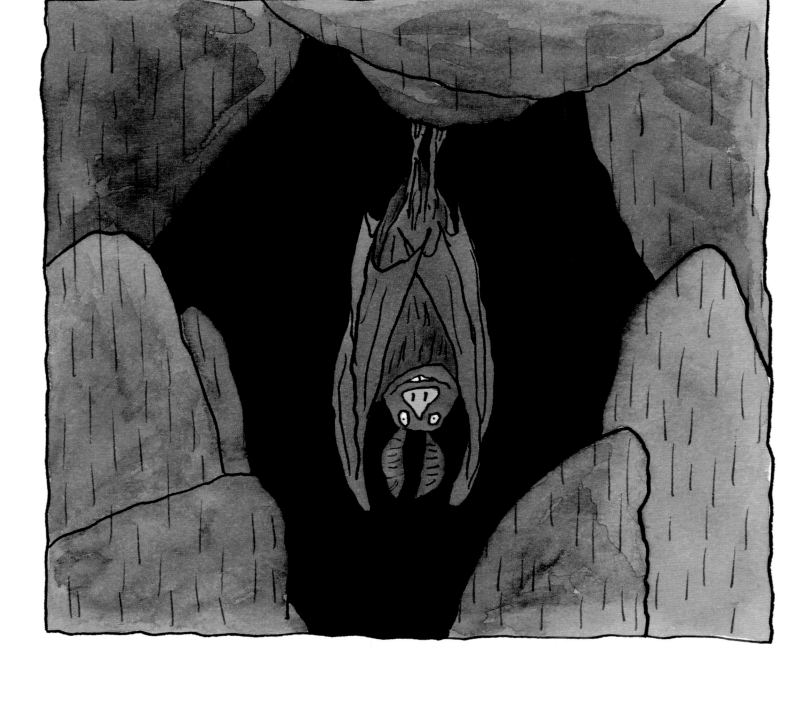

'O, peidiwch â bod yn — ddwl!' meddai'r slumyn.

❧

Cofiwch am *Addewid y Penbwl*
gan Jeanne Willis a Tony Ross,
addasiad Gwen Angharad Jones a Dylan Williams.

'Un o lyfrau rhyfeddaf y blynyddoedd diwethaf.'

Yn y fan lle mae dail yr helyg yn cyffwrdd â'r dŵr,
fe gyfarfu penbwl â siani flewog.
Fe edrychon nhw i fyw llygaid ei gilydd – a syrthio mewn cariad.
'Rydw i'n caru popeth amdanat ti,' meddai'r siani flewog.
'Rho dy air imi na wnei di fyth newid.'
Ac mae'r penbwl druan yn addo.
Ond mae pawb yn gwybod bod penbyliaid yn newid,
a bod sianis blewog yn newid hefyd.
Sut y bydd hyn yn effeithio ar deimladau'r ddau?
Dewch i weld!

Dyma chwedl chwerw-felys gref a gwahanol.
Mae hi'n ddoniol ac yn drist, yn llawen ac yn lleddf.
Mae hi'n stori sydd mor naturiol ag anadlu
– ac eto'n hollol annisgwyl.
Stori i gnoi cil arni yw hon. Chwedl i blant ac oedolion.

Addewid y Penbwl, 32 tud., clawr caled, £5.75, ISBN 1-902416-86-4

❧